清·馮煦修 魏家驊等纂 張德霈續纂

鳳陽府志

七册

黄山書社

戎秩表 附

國朝改衛隸營而因明制衛軍領漕運鳳陽八衛一所舊隸中都留守者仍留鳳陽長淮二衛鳳陽長淮二衛及泗州衛均轄於鳳陽府宿州衛乾隆十五年裁併入長淮衛凡營兵轄於督撫提鎮通謂之標標多者五營少者二營領以副將參將游擊或都司守備其分駐處所在城曰城守在汛曰分汛而以營兵分隸焉壽春鎮總兵一人正二品順治初設副將乾隆二年改設總兵本標中右二營兼轄六安潁州泗州廬州亳州龍山六營聽巡撫節制按兵部中樞政考壽春中營馬兵一百二十二名步兵二百二十四名守兵五百五十名右營馬兵一百一名步兵一百七十四名守兵四百七十名中軍游擊一人從三品原設中軍守備雍正十年改設都司乾隆二年改設游擊右營都司一人正四品乾隆二年設左右二營游擊二十四年改左營游擊爲都司駐宿州嘉慶十一年撥右營游擊歸宿州鎮標本標右營改設都司又改原駐宿州之左營都司爲宿州營都司歸徐州鎮統轄中軍守備一人正五品鳳陽府守備一人駐府城中營右營千總各二人正六品初設中左右三營千總嘉慶十一年左營移隸徐州懷遠城守營千總一人康熙十一年設爐橋汛千總一人駐爐橋集鳳陽定遠壽州鳳臺城守營把總各一人正七品同治四年鳳臺移治下蔡設鳳臺汛城守把總一下蔡汛外委移駐丁家集汛後設劉隆集顧家橋石頭埠汛額外各一臨淮正陽汛把總各一人宿州營游擊一人駐宿州嘉慶十一年以壽春左營都司設道光九年改設游擊中軍守備一人道光九年設靈璧南平百善汛千總各一人宿州城守營把總一人濉溪口夾溝汛把總各一人其協防外委暨額外哨官鳳陽有協防紅心王莊汛外委各一定遠有三河集汛水利哨官一宿州有州城大店汛外委各一靈璧有固鎮汛外委一靈璧汛額外一其鳳陽之長淮汛外委一縣城劉府蚌埠殷家澗徐家橋澮河小溪汛額外各一定遠之岱山

山鋪汛外委一壽州之州城外委一額外四隱賢集汛額外一鳳臺之劉隆集汛額外一靈璧之濠城汛額外一均於光緒二十二年裁減制兵案內裁汰其有已裁而地方稟留在汛彈壓由專汛酌撥兵丁作爲差使者鳳陽則有府城額外一燃燈寺汛哨官一懷遠有龍亢上窰汛外委各一壽州有州城瓦埠下塘汛外委各一三覺寺宋家巷汛額外各一鳳臺有丁家集闞疃汛外委各一顧家橋石頭埠汛額外各一宿州有湖溝臨渙張家集時村汛外委各一靈璧有漁溝汛額外一**有可知者備而列之以見一時營制之所係云**

鳳陽

職官	
總兵	
副將	
遊擊 都司	
守備	劉景毅 江西廬陵武進士　王輔 廣東花縣武進士　萬澤清 山西大同武舉　李贊 四川成都軍功　段親黄 四川達州軍功　劉進忠 山西行伍
衛守備 衛千總	高標 山西武進士　葛鈞 直隸武舉　潘□ 武進士　王國賓　王國賢 武舉　白錦 直隸武進士　藍之榮 山西行伍
千總 把總	吳雲祥　蔣世行　任懷寬 潁州行伍道光三年任　楊春芳 合肥行伍十九年任　朱淮源 壽州人行伍光緒十年署任　常德麟 鳳陽行伍二十
外委 千總 把總 額外外委	薛家診 同治四年任　李懷森 以上長淮汛外委　劉成治 壽州人行伍光緒五年任　柏永年 壽州人行伍光緒十年署任　翟長樂 以上紅心汛外
哨官	呂仲魁 壽州人行伍光緒七年任　朱龍 江上 燃燈寺汛　王長勝 壽州人行伍梅家市汛同治十二年任

李萬青　李宗柏　秦標　趙大功河南武進士　曾廷楷福建世襲道光二年任　張誠武江蘇行伍

張□山東武舉　李炯鑲紅旗武舉　范宏宸鑲紅旗武舉　胡啟雲福建羅源　李琦直隸武舉

三年署任　陳玉鈺合肥行伍二十三年署任　黃鳴鐸蒙城行伍二十四年任　薛錦江壽州行伍二十八年任

委　談德林壽州人行伍光緒七年任　吳廷珍以上王生汛外委　馬錦文壽州人行伍鳳陽府城額外光

丁國棟壽州人行伍安樂集汛同治十二年任　王金廷臨淮人武生光緒七年任

楊千城懷遠武舉　李坦壽州行伍　談寶如壽州行伍　哈松年江甯世職　王應魁潁州武舉

李桀直隸人　王學海咸豐七年任　戴國清同治元年任　李奎玉江蘇山陽人四年任　葛紹喬

常保慶鳳陽行伍　馬青雲鳳陽行伍　俞佩玉鳳陽行伍　宋良玉壽州行伍　顧建玲壽州行伍

緒六年署任　方海鵬壽州人行伍鳳陽縣城額外光緒八年任　柏永年壽州人行伍同治四年任　劉成治壽州人行伍光

梅文定以上鳳橋集汛

左德映 桐城世襲　萬青選 江甯行伍以上道光間任　姬鴻元 懷甯人咸豐元年任　吳炳 宿松行伍二年署任

江蘇山陽人六年署　胡承恩 直隸人七年署　陳啟元 泗州人九年署　熊步瀛 江蘇山陽人十一年署　朱維賓

李步階 亳州行伍　羅長林 鳳陽行伍以上道光間署任　陶發祥 壽州武舉　柏雲錦 壽州行伍　蔣世演

緒十年署任　鄧憲典 以上劉府汛額外　蔣鳳林 壽州人行伍光緒八年任　唐懷魁 以上徐家橋汛額外

邢殿元 潁上武舉三年署　趙元龍 壽州行伍三年任　楊萬森 安慶行伍三年任　方淮澄

歙縣人十二年署　毛鎮忠 四川越巂廳人光緒二年任　齊孝則 江蘇淮安府人六年署　金壽洵 江蘇山陽人七

壽州行伍以上道光間任　朱國彩 壽州行伍咸豐元年任　方淮澄 壽州行伍三年署任　楊安邦 壽州人五年署

鄭玉森 鳳陽人行伍光緒八年署任　佘國楨 以上蚌埠汛額外　張餘慶 壽州人行伍光緒八年任　蔣占元

壽州行伍同治二年任 喬登科潁州行伍十年任 柏雲慶壽州武生十一年任 湯鑑堂潁州行伍光緒二年署 柏殿陞壽州行伍五年署 喬登科六年回任 楊文衡蒙城武進士八年代理 許鴻範

年署 郭武英江蘇江陰人九年署 謝祥岐廣東人十年任 馬金和四川郫縣人十年署 額勒金漢軍鑲白旗人十二年任 莊介禕府經歷兼理 齊孝則江蘇山陽人十四年任 陳殿元十五年任 吳世相

任 呂殿揚壽州行伍咸豐間署任 王振邦壽州行伍同治六年任 宋長海壽州行伍六年任 廣英滿洲行伍八年署任 許家珍壽州行伍九年署任 朱明春壽州行伍九年任 劉開勳鳳陽武生十三

以上殷家澗汛額外 袁從善壽州人行伍光緒十年署任 楊世纓以上溪河汛額外 楊世纓壽州人行伍光緒八年署任 許永年以上小溪汛額外

壽州世襲八年署
柏殿陞 十年任
宋學信 鳳臺人十一年任
王登壹 湖北武進士十年任以上鳳陽

安徽宿松縣人十八年任
楊兆熊 貴州鎮遠世襲雲騎尉十八年任
崔景春 舒城軍功二十四年任
楊兆熊

年署
傅守寬 壽州世襲光緒四年署任
朱明春 七年回任
朱得元 以上鳳陽縣城守縣把總
水躍龍

府中軍守備

二十六年回任以上鳳陽衛守備
張燿 天津武舉
任振翼 山西武進士
胡道偉 順德武舉
李照 天津

鳳陽武舉
蔡致清 合肥行伍
趙應試 潁州行伍以上道光間任
陳如賓 臨淮行伍同治五年署任
朱天慶

武進士藍翎侍衛	壽州行伍六年任
柴崑 山西武舉	許家珍 壽州行伍六年署任
蔡元寬 滿洲武進士	展萬吉 山東行伍十年署任
朱天璧 湖廣武舉	柏雲慶 壽州武生十一
金鑾 丹徒武進士	

	年署任
梁元昇 山東監生	朱本誠 壽州行伍光緒二年署任
魏仁徵 陝西武進士	張保成 壽州行伍二年任
縱之遠 蕭縣武舉	
宜成彩 滿洲武進士	孫多三 以上臨淮汛分防把總
萬世通 湖廣武舉	

朱元　鎭江武舉

劉珍　山西武解元

張侗　天津武舉

莫天香　上杭武舉

張硯田　山東黃縣武舉

十二年任

楊嘉謨　江蘇山陽行伍

十三年任

張世清　山東壽光武舉

二十二年任

李新田　江蘇甘泉世襲雲騎尉以上長

淮衛守備
劉瑛 獻州監生
馬宏 直隸武舉
張倓 滄州人
汪應魁 江西武舉
倪徵灝 蘇州人
白興貴 武舉
萬嵩 湖廣武舉以上鳳陽衛千總
彭現元 山西武舉
符枚卜 山西武舉

王恕 山西 武舉

李如天 直隸 武舉

馬經 山東 武舉

劉煌 山東 武舉

馬八魁 直隸 武舉

劉鈖 山西 武舉

鄭命凝 福建武舉以上長淮衛千總

查一征 江西通州行伍康熙十一年任是年始設汛

張世芳

楊松年 壽州 八 壬寅 壽州 人

武貴 盱眙

江南宿州行伍十三年任

蕭春榮 河南行伍十六年任

王洪烈 江南人二十三年任

徐安 江南壽州人二十八年任

張起祥 江南宿州人三十三年任

翁國柱 江南江甯人四十二年任

葉定邦 湖廣武進士四十五年任

人

鄭標 六安州人以上乾隆間任

胡交泰 壽州人

朱克敏 壽州人以上嘉慶間任

朱定邦

宋劍華

傅兆祥

王永貴 以上道光間任

楊鳳來

趙元龍

韓應魁 以上咸豐間任

謝永祥

劉成治

戴天祿 江南通州人五十年任

同治間任以上 懷遠外委

朱尚禮 江南上元行伍六十年任

袁文通 行伍乾隆間任

張忠 行伍

徐大用 行伍

丁三元 行伍

李文輝

賈鵬 行伍以上乾隆間任

江琢 行伍

潘宣 有傳以上嘉慶間任

王應魁

陳煥文
王長慶
銷登鎮
王應魁
張鴻恩
吳炳以上道光間任
楊安邦
馬占龍以上咸豐間任

魏大用
徐海春
程維新
徐寬宏
方淮澄
楊鳳來
朱玉魁
王懋清
方淮澄回任以上同治

間任

吳連陞 潁州府武進士同治九年任以上千總

譚希賢 亳州營分防懷遠縣把總見康熙八年城隍廟碑嵩按是時尚

未設汛也

李驥 壽州行伍乾隆二十一年任

李珩 壽州行伍

薛士官 壽州行伍

王俊 壽州行伍以上二十

雍國泰 合肥人行伍出山汛外委道光五年任

五年任

馬勳 鳳臺行伍三十六年任

張龕 合肥行伍三十九年任

楊大授 阜陽行伍四十四年任

黃鍾 壽州行伍四十六年任

張國俊 壽州行伍五十一年任

崔洪道 宿州行伍五十七年任

李鳳輝

壽州行伍嘉慶九年任

賈炳山 江甯行伍十二年任

徐淮清 壽州行伍十三年任

王佐 六安武舉道光元年任

武兆鳳 壽州行伍三年任

張殿甲 壽州武舉十九年任

徐俊傑 定遠武舉二十

雍國泰

合肥行伍二十三年任

喬定邦
阜陽行伍二十四年任

銷登鎮
阜陽行伍二十六年任

汪驥
涇縣武舉二十八年任

陳芝鐙
壽州武舉三十年任

吳繼思
全椒武舉咸豐二十年任

崔治平
壽州行伍五年任

喬定邦　五年復任

李錦章　壽州行伍七年任

喬定邦　八年復任

吳奎森　定遠軍功十一年任

穆安邦　壽州行伍同治元年任

王雲嘉　壽州軍功二年任

吳應魁　壽州行伍三年任

江全福

壽州行伍四年任

胡守魁　潁上軍功五年任

徐寬宏　懷甯行伍六年任

蒙執中　壽州軍功十一年任

余承恩　懷甯行伍光緒九年任

王春臺　合肥行伍六年任

宋廷魁　壽州世職十三年任

朱善同 壽州軍功十四年任

王友林 江蘇六合軍功十七年任

梅文學 壽州行伍十八年署任

劉如璧 壽州軍功十九年署任

潘德林 壽州世職二十年署任

張占鼇 定遠武生二十一年署任

鮑蘭生 壽州人二十三

壽州

吳進義 陝西甯夏行伍乾隆二年任
高鈺 滿洲鑲黃旗侍衛六年任
常岱 滿洲鑲黃旗侍衛十五年任

毛貴 有傳
傅尚謙 永平人順治七年任
徐長春 萬縣人十一年

陳光祖 中營陝西長安侍衛
張君熹 左營涼州大荔行伍以上乾隆二年任
王準 右營直隸清苑行伍

楊京映 中營陝西長安行伍乾隆四年任
吳必越 中營河南懷慶行伍六年任
宋玉 中營江蘇長洲行伍

年署以上把總
劉得貴 中營鎮江行伍
馬天翔 左營上元行伍以上乾隆二年任
陳文耀 右營松江行伍三年任

王進泰 漢軍鑲白旗世襲騎都尉兼一雲騎尉
改光宗 順天侍衛以上十六年任
顧春 滿洲鑲黃旗世襲三等輕車都尉十

任
周永祚 有傳
李孟夏 祥符人十五年任康熙十七年再任
李廷楠 鐵嶺

三年任
常鋐 中營漢軍正藍旗武舉八年任○通志鋐作融
劉啟宗 右營陝西咸陽武進士
萬鏓 右營湖南桃源武進

三年任
法保 中營漢軍鑲黃旗武舉十三年任
呂灣 中營山東掖縣行伍十九年任
陳基宏 中營漢軍鑲黃旗行伍二十四

周仁麟 左營山東蓬萊武舉四年任
徐雲龍 左營浙江江山武舉七年任
孫德明 右營靈璧行伍八年任
趙世榮

七年任

納漢泰 滿洲正白旗侍衛世襲佐領十九年任

常復 滿洲正白旗侍衛世襲雲騎尉

齊斌 漢軍鑲黃旗世襲雲

康熙六年任

黃燕贊 奉天人十五年任

楊元弼 宜川人

周奭

士以上九年任

胡鎮 右營順天大興行伍十三年任

龍景升 左營雲南尋甸行伍十五年任○通志作武舉乾隆二十四年改左營游擊爲

年任

崔國棟 左營旗人行伍

劉朝相 左營貴州天柱武舉二十五年任

胡虬龍 中營浙江歸安武進士三十二

中營壽州行伍

周邦 中營亮州行伍以上九年任

祁倫 右營壽州行伍十年任

張機 左營陝西武威行伍十三年任

騎尉以上二十四年任

許成麟 直隸侍衛

王綏 陝西甯夏侍衛以上二十六年任

七十一 有傳

陳杰 有傳

京衛人二十八年任

俞章言 浙江人三十一年任

尚鶴 陝西人四十六年任

程漢

都司移駐宿州

何天相 左營浙江昌化行伍十六年任

德奇納 中營滿洲正藍旗人二十二年任

李亮 中營大興行伍二十

年任

巫朝鳳 中營廣東番禺行伍

李恒 左營江蘇吳縣行伍以上三十三年任

區正邦 左營廣東高要

趙順 右營松江行伍十四年任

黃愷 右營壽州行伍十八年任

楊果亭 左營泗州行伍二十年任

王惠 中營

滿
常格 洲鑲黃旗人三十五年任
李奉堯 漢軍鑲黃旗人○通志奉作鳳
閻正祥 漢軍鑲黃旗武進士四十四年任
人
袁敏 四川人
李化龍 山東人以四十八年任
任承恩 陝西人
郭元凱 山西人
觀成 滿洲

鵬 福建人四十九年任
任重遠 陝西人五十三年任
張應魁 浙江人五十六
年任
萬際瑞 福建人五十九年任
惠延祖 陝西人六十年任
申文

七年任
雷基 中營湖北襄陽廕生八十二年任○通志基作全
施國元 右營貴州黔西行伍二十九年任
安德 中營
蒙古鑲白旗人三十二年任
陳建浚 中營福建海澄武舉
金德勝 中營漢軍正紅旗武進士三十四年任○通志金作余

行伍三十六年任
于作梁 左營陝西大荔武進士四十一年任
姚百祿 中營江蘇上元行伍四十八年任
王體仁 左營直隸東安武進士五十年任
江游龍 中營廣東東安武進士六十年任
艾鳳翔 左營山東武陽

鳳臺行伍
許治勤 左營壽州行伍以上二十三年任
劉向賢 左營壽州行伍二十六年任
張忠 左營壽州行伍二十
七年任
楊椿 右營漢軍二十八年任
蔣思賢 右營漢軍三十年任
馬鳳鳴 右營江蘇丹徒行伍三十三年

鑲白旗人以上四十九年任
王炳 漢軍鑲白旗人五十三年任
定桂 有傳
王集 有傳
德成額 蒙古正黃旗人嘉慶八年任○通志作滿洲人

星 陝西人六十一年任○通志作山西人
王廷梅 大興人正藍五年任
吳勝 福建人九年任
王玠 臨洮人十二年任
于文輝 十三年任

熊曦 中營廣東嘉應武進士三十七年任
韓宣達 右營山東歷城武進士三十九年任
孔傳心 右營浙江錢塘武舉四十二年任
楊殿甲 右營甘肅武威武進士四十四年任
楊秀 中營貴州大定人行伍四十五年任
辥樹英 中營直隸文安

人嘉慶六年任○十年左營守備移隸徐州以下皆中營
程錫泰 浙江平陽行伍
游凌雲 福建詔安武進士二十三年任
賈大德 壽州世襲雲騎尉道光七年署任
蘇□□ 福建人七年任
柏安邦 壽州人武舉八年署任
章學經 湖北潛江侍衛

任
楊全 中營亳州行伍三十四年任
馬魁 右營壽州行伍三十五年任
劉朝達 右營鳳陽行伍三十七年任
郝元 中營壽州行伍
梁佳祥 左營壽州行伍以上三十八年任
劉如山 左營壽州行伍三十九年任
顧長春

陳廣甯 浙江山陰人
多隆武 滿洲鑲白旗人以上十六年任
王占鼇 漢軍十七年署任
喀勒吉

善 滿洲鑲黃旗人十八年任

楊超璜 漢軍正黃旗人二十二年任通志作起璜滿洲人

恩特赫 道光元年署任

國勒明

阿 滿洲鑲白旗人元年任

奕安邦 有傳

馬國用 甘肅武舉七年任

長喜 滿洲鑲黃旗人八年署任

武進士五十二年任

孟洪翼 右營四川平武行伍五十五年任

蒲佑盛 中營四川嘉慶二年任

蔣文玉

右營貴州天柱行伍卅年任

舒林阿 中營滿洲正黃旗人侍衛七年任○通志林作淩

劉德潤 右營漢軍正紅旗人九年任○

八年任

楊鼎奎 同治三年任

何忠才 懷甯人八年任

楊鼎奎

關仙保

柏殿陞 江蘇山陽人十一年署任

壽州人

關仙保 以上光緒九年署任

辥鴻範 壽州人十年署任

關仙保 十一年署任

朱本誠

右營江蘇上元武舉四十年任

王從儉 右營宿州行伍五十年任

何錫輅 中營浙江麗水武舉五十二年任

柏忠 右營

壽州行伍五十四年任

王從儉 中營五十五年回任

壽如豹 右營浙江諸暨武舉

王印 右營壽州行伍以上

張佑溪 壽州人

郭繼昌 直隸人以上八年任

姜長齡 漢軍世襲騎都尉

湯占先 華陽人○通志作湯陽

王錫朋 漢軍以上九年任

果勒明額 滿洲八十三年任

尤渤 甘肅人二十一年任

岱昌 滿洲

十一年右營改設都司以下皆中游

鄧鵬飛 福建壽甯行伍十一年任

沙金聖 雲南大和行伍十四年任

劉德潤

壽州人十三年代擊

徐寬宏 懷甯人十三年署任

何忠才 十五年回任

馬承恩 壽州世襲雲騎尉十八年任

十七年任

溫承弼 山西徐溝武舉十八年任

穆克登

阿 二十二年署任

丁殿祥 山東益都武狀元二十三年任

王登壹 十九年任

薛鴻範 壽州世襲雲騎尉二十一年署任

五十五年任

李威 左營 壽州行伍五十六年任

潘宣 右營 六安州行伍五十九年任

黃占魁 右營壽州行伍嘉慶五年任

武偉 中營 壽州行伍

蔣大彪 左營壽州行伍以上六年任○十年定營千總移隸徐州

劉啓蔭 中營宣城世襲恩騎尉

人二十二年任
哈豐阿 滿洲人二十六年任
德勝 蒙古人
恩長 滿洲人
玉山 滿洲人以上咸豐元年任
劉開泰 福建人三年任
鄭魁士 宣化人五年任
王明山 湖南人十年任
黃鳴鐸 有傳
博崇武

廣壽 滿洲正藍旗人道光六年任
毛亮 廣西富川侍衛八年任
景昌 滿洲鑲黃旗人同治三年任
陳德厚 五年署任
吳得勝 邳州人
宋朝儒 以上七年任
劉思忠 渦陽人十二年署任
何師程 二十年署任以

關光烈 右營山東濟陽武舉以上十八年任
劉珂 中營南陵武舉十九年任
周大慶 中營盱貽行伍二十一年任
王國彩 右營壽州行伍二十三年任
徐大壯 右營定遠武舉道光三年任以上千總

咸豐中任

李璋 陝西人同治元年署任

易開俊 湖南湘陰人三年任

徐鷬 安慶人四年署任

郭寶昌 臨淮人十年任

陳德厚 懷甯人光緒六年護任

程文炳 阜陽人六年署任

郭寶昌 七年回任

宋朝儒

上游擊

周雄 浙江錢塘行伍嘉慶十一年任

羅廷梁 四川閬中行伍十二年任

圖他布 蒙古鑲白旗人

徐長齡 漢軍鑲紅旗武進士以上二十年任

張璣 陝西醴泉武進士二十二年任

梁臣 漢軍正白旗人二十三年任

錢永甸

鳳臺八九年護任
郭寶昌 十年同任
宋朝儒 十二年署任
朝晉昌 壽州人
任祖文 湖南永順人以

河南夏邑行伍二十五年任
李懷芳 四川雙流行伍道光四年任
李萬青 江蘇宿遷人八年署任
賈鳳章 壽州人同治三

上十三年任
王幼山 湖南湘鄉人十七年署任
郭寶昌 二十一年任
何師程 二十二年護任
郭寶昌 二十二年任

年任
黃齊昂 湖南湘陰人八年任
吳得勝 光緒二年任
李泰 江蘇上元人六年署任
楊鼎奎

壽州人七年署任

李文奎 天長人十年署任

郭占元 盱眙人

闞仙保 十一年護任

李泰 二十年任

沈子元 壽州人十三年署任

何師程 漢軍鑲紅旗世襲騎都尉加一雲騎尉十六年任

戴景明

宿州人十七年署任

郭占榮 臨淮鄉人十九年署任

郭則樑 臨淮鄉人二十年署任

王登壹 湖北黃陂侍衛

鳳臺

二十二年署任

趙順
盛鐄
張殿英
王惠
張忠
李際春
史國柟
雷正宗
崔天保

李廷詔
張傑
葛會芳
蓋宗宣
蓋宗旗
展光居
張殿英
齊長庚
吳軒

張泰	崔天保
王俊	李遇春
郝元	胡錕
賈舫	孫昂
丁三元	裔超
胡會	泰
吳世勳	吳雲朋
薛滙遠	劉興邦
謝鳳翔	黃必選
劉治成	謝登高

朱成章	李義
馬瑞麟	馬占鼇
劉振標	趙正元
晏仲魁	傅光輝
郭振川	王大鵬
張保成	薛大勇
王德清	川上下蔡汛外委
王春臺	
朱保森	張保成
楊厚之	鄒鳳臺

李逢春 朱本義
余承恩 喬麟徵
潘如林 方登庸
陳維翰 蒙執中
王得勝 賈步雲
馬承恩 薛鴻壽
楊英山 孫景昌
張榮儒 周濟川
呂占元 張雲龍
洪殿魁 馬惠生

署任以上城守

把總

莊克猷
王得勝
朱冠軍
劉青雲
呂仲魁
以上丁家集汛

外委

畢鑾選
晏仲魁
王振邦

張扶考
程德中
謝景元
賈允中
呂占元
安殿魁
戴經邦
劉世才
李淮森
孫成功

以上關疃汛外委

賈允中
李金山
王玉林
孫景昌
張致仁
張朝棟
楊英山
朱本義

張士彥
陳寶森
以上劉隆集汛額外
劉定邦
李兆奎
王玉林
李尚志
呂傳友
傅文貞

以上顧家橋汛額外
朱玉昇
何煥章
匡得勝
孫多三
孫良玉
楊英山
趙玉衡
楊秀山

宿州

王履端直隸人　張士儒甘肅武進士　鐵世雄江甯人　孟毓麟直隸武進士

高近極遼東人順治初年任　于爾振遼東人　陳忠遼東人　王永清

朱國安直定府武進士　田嵩河南杞縣武進士　司位輔保定武舉　劉茂山西平定州武舉

李定侯直隸人　陶九經直隸人　鄭允嘉淮安人　楊自富河南人

以上石頭埠汛額外　馮振玉湖溝汛外委　傅光輝臨渙汛見乾隆五十五年臨渙重修古寺碑　左允恭臨渙汛外委

楊茎甘肅安化武進士　艾鳳翔山東濟陽武舉　王秉志直隸易州人　李威壽州人　賈雲漢陝西渭南武生

山東武進士　沈元俊直隸武舉　張漢相山西人　王業昌直隸人　黨柯禎陝西人　沈宏舉

李化龍上元人　沈繁浙江嘉興武進士　施純上元武進士　孫之藻浙江紹興武舉　王鳳清江南山陽武舉

原璋鳳陽人　朱徽和州人　吳連科宿州人　李文英通州人　周人麟山東武舉

傅清標張家集汛外委　傅建勳時郁汛外委　牛鳳儀大店汛外委　郭金玉存城外委　王運康　王化榮

張書綸 四川綿竹武舉 王金堂 福建永定武舉 額勒德理 滿洲廩生 錢永甸 河南夏邑人 楊廷璧 揚州什泉人以上部司 楊延璧 丁振剛 淮安府上陽人 蔡邦慶 江蘇宿遷武進士 徐化鵬 江蘇銅山武舉 段應元

有傳 朱霖 河南人 梁嘉植 順天武進士康熙十八年任 程良弼 數州武舉三十六年任 王得貫 山東萊州人四十三年任 李國經 陝西渝林衛人康熙四十七年任 王澤澄 山東人 柳元善 山東武進士

葉之龍 浙江金華人 李魏 山西陽高武進士 馬負圖 武舉 王應鳳 貴州普定寧生 夏文耀 奉天承德武進士 金鑾 瓜州人 縱自達 江蘇蕭縣人 莫天香 朱秋桂 金振 直隸人 李顥

馮天翔 江甯人 王文賓 山東武舉 陳文耀 松江人 陳永甯 鳳陽人 徐雲龍 浙江武舉 張機 陝西人 蔣大彪 鳳臺人 李鳳輝 壽州人 馬煥 江蘇清河人 朱佩瑢 江蘇銅山人以

胡允福 以上額外外委 王運標 褚家集汛額外 王振邦 井緱集汛額外 馮漣章 石柯集汛額外

河南陝州武進士 錢朝舉淮安府清河人 李成虎直隸深州安平武進士 恩臨滿洲正藍旗人 張世齡江蘇銅山人 趙春和霍邱人 程先鳴霍邱人 李鼎榮湖南長河人 朱占鼇江蘇揚州府江都行伍光緒五

張玉衡正白旗武舉 尹櫸山東武舉 陳應才四川人 向緯山東人 劉大元山西人 李明崑江蘇銅山人 李衡年江蘇銅山人 孫汝鵬淮安府山陽人 秦廣松宿州人 戴廷先安慶府懷甯人

王允中山東人 牛斗南河南夏邑人 馬振邦河南懷慶府武舉道光八年署任 楊壽春山東歷城監生九年任 張貽桂直隸天津人十五年任 張金保徐州監生二十八年任 梁宗訓浙江紹興監生二十九年署任

上千總 張洪陞浙江金華人 李宗白太和人武舉 李際泰江蘇銅山人 李萬年江蘇銅山人 李攀桂江蘇銅山人 劉朝貴宿州人 徐鳳閣江蘇銅山人 李尙質宿州人 周步堂江蘇銅山人 宋景春

年任
曾玉勝　湖南湘鄉軍功十六年任
譚新益　湖南湘潭軍功十七年任以上
游擊

段繼芳　江蘇銅山人
雷炯　松江府婁縣人
方豫功　安慶府桐城人
丁永貴　江蘇銅山人
譚新益　同治七年任

李聯鑣　江西南昌府武進士三十年任
陳國慶　山東德州監生同治元年署任
蕭珩　淮安府監生二年署任
陳炳堂

江蘇睢甯人
王永　江蘇銅山人
李明模　江蘇豐縣人
高冠儒　江蘇銅山世襲雲騎尉
卜履薩　江蘇銅山武舉

吳定國　安徽鳳臺武進士光緒十八年署任
吳天祥　山東聊城軍功十九年任

淮安府監生五年署任
胡裕誠　直隸大興監生七年署任
梁德昌　揚州府監生年任
段必魁　淮安府清河人

崔仲鼎　江蘇銅山人
劉伯奇　江蘇銅山武舉光緒十四年任
歐陽松　署任以上
鈞　南平汛千總
馮太平　江蘇銅山人

光緒十年署任	張硯田	山東武舉十一年署任	楊嘉謨	淮安府山陽人	十三年任以上	衛守備	張所蘊	高陽縣武舉	
鄒志徽	宿州人	馮振標	宿州武舉	葛貫武	宿州武舉	李光覲	江蘇銅山	狄永順	江蘇銅山人

陳應麟	直隸武舉	陳捷 上元	武舉	李同春	浙江武舉	陸鴻漸	江西豐城武舉	王之瓛	直隸人
蕭廣業	宿州人	劉鴻章	江蘇蕭縣人	孫玉昆	江蘇銅山人	李萬誠	江蘇銅山人	呂伯普	江蘇銅山人

李培　河南商邱人
張聯琦　直隸武舉
余承都　直隸武舉
馮高茅　直隸武舉
胡士奇　直隸宣化府武舉

張松茂　江蘇銅山世襲
陳景鏞　江蘇銅山人
李普恩　江蘇豐縣行伍光緒十三年任
崔仲鼎　豐縣人世職二十一年署任

浙江杭州人
孫繼業　湖廣襄城武舉
羅能斌　江西南昌武舉
楊繼祖　通州人
蔡可斌　銅陵武舉
李自道

左允恭　兼署以上百善汛千總
陳三貴
王伯良　以上宿州人
張成弟　宿州人順治中任
劉世楫

陝西甯山武舉	吳繼祖陝西人	孫得化直隸通州人	陳登瀛河南固始武舉	蕭山句容人	齊思睿直隸獻縣武舉	海晏直隸宣化府武舉	宋廷梅旌德人	朱玉樸陝西甯夏武舉	許安國江西南昌武舉	陳振鵬
壽州人	洪有德順天人	熊加舟宿州人	李如仙宿州人	劉龍宿州人	魏夢振江西人	王大任宿州人	周有德瓜州人	劉富宿州人	辥蘭壽州人	石重壽州

浙江錢塘人
楊宗本湖廣長沙人
方家寯順天人
張綱陝西甯夏武舉
鄭修上元武舉
林殿選福建福清武舉
王都上元武舉
王育德陝西甯夏武舉
陳廷琪旌德人
翁纘侯浙江壽昌武舉
儲大綸

人
李臣亳州人
鄭國柱福建人
楊錦湖廣人
張奇壽州人
王銘廬州府人
姚茂壽州人
達國炎六合人
石宏亳州人
周大思通州人
姚鵬壽州

浙江錢塘武舉人

張廷傳　順天宛平人

薛治堯　壽州人

林日煥　福建長樂人

胡玉　壽州人

趙廷緒　直隸臨榆武舉人

高忠　宿州

朱士英　江西新建武舉

徐錦標　壽州人　以上把總

朱添璧　江西南昌武舉

胡永年　江蘇銅山人

馮麟祥

杜士玉　江蘇銅山人

得印泰

郝勇

馬驥　江蘇銅山人

賀朝泰　以上衛千總

張位　江蘇銅山人

耿超　江蘇銅山人

王秀山（江蘇銅山人）

高廷珍（江蘇銅山人）

董廷宰（宿州人）

李保榮

郭廣恩（以上銅山人）

楊維賢

宋學儉（豐縣行伍光緒十三年任）

馮振玉（宿州行伍二十一年署任）

宋學儉（二十一年回任以上城守汛把總）

秦懷斌 宿州人
馬得時 江蘇銅山人
李邦慶 江蘇銅山人
孫太忠 江蘇銅山人
韓文魁 江蘇銅山人

何廣居 江蘇銅山人
楊幹臣 江蘇銅山人
劉士傑 江蘇銅山人
徐忠敏 江蘇銅山人
張景堂 銅山人光緒二

年任

吳長泰　江蘇宿遷軍功光緒二十二年署任以上灘溪汛把總

張治平　靈璧人

李治光　銅山人

王永廷　銅山人

卜履隆

韓士元　銅山人

李永順　銅山人

趙品賢　銅山行伍光緒十五年任

靈璧

王長齡 銅山人行伍十七年任

趙有勝 銅山武生以上夾溝汛把總

李貞標 江蘇豐縣行伍光緒二年任

高錦堂 固鎮汛外委

靖德榮 江蘇銅山軍功十七年署任

辥維讓 濠城汛額外

年代未詳

詹文奎 鳳臺人壽春鎮補用都司

梁治成 鳳臺武生壽春營守備

吳定國 宿州營守備

李薇 江蘇江甯世職十七年任

關正德 漁溝汛額外

楊千城 懷遠武舉懷遠千總

吳世勳 武生鳳臺把總

宋學信 鳳陽守備署任 以上鳳臺人

穆安邦 懷遠千總署任

吳廷璋 鑪橋千總署任

宋學信 壽州營千總

梁得勝 宿州千總

廖振鈞 鑪橋千總 以上

鳳臺人